DES
CHEMINS DE FER
EN ITALIE

PAR

M. C. DE CAVOUR.

Extrait de *la Revue Nouvelle*.

Livraison du 1er mai 1846.

PARIS.

IMPRIMÉ PAR PLON FRÈRES,

36, RUE DE VAUGIRARD.

1846

DES
CHEMINS DE FER
EN ITALIE

PAR

M. C. DE CAVOUR.

Extrait de *la Revue Nouvelle*.

Livraison du 1er mai 1846.

PARIS.

IMPRIMÉ PAR PLON FRÈRES,

36, RUE DE VAUGIRARD.

1846

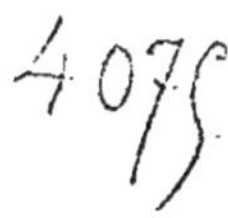

DES

CHEMINS DE FER

EN ITALIE.

DES CHEMINS DE FER EN ITALIE,

PAR LE COMTE PETITTI,

CONSEILLER-D'ÉTAT DU ROYAUME DE SARDAIGNE.

Il n'y a plus personne possédant une dose ordinaire de bon sens qui conteste aujourd'hui l'utilité, nous dirons même la nécessité des chemins de fer. Peu d'années ont suffi pour opérer dans l'opinion publique une révolution complète en leur faveur. Les doutes qu'ils inspiraient aux hommes d'État, les incertitudes que leur réussite financière faisait éprouver aux spéculateurs les plus hardis ont fait place à une confiance sans bornes. Le public est passé presque sans transition de la méfiance à un enthousiasme tel, qu'il n'est peut-être plus en Europe de localité si pauvre, d'intérêts agglomérés si minimes, qui ne s'attendent à participer directement, dans un temps donné, aux bienfaits de cette merveilleuse conquête du dix-neuvième siècle.

Certes, l'impatience du public n'est pas exempte d'exagération. Sous l'influence de la réaction violente qui s'est opérée, on est porté à se faire illusion sur les résultats immédiats des chemins de fer. Cependant si l'on embrasse dans leur ensemble les questions d'avenir qui se rattachent à ce sujet, si l'on cherche à développer toute la série des conséquences que leur adoption générale doit nécessairement amener, on est forcé de convenir que les espérances qu'ils ont fait concevoir peuvent être prématurées par rapport à l'époque où l'on s'attend à les voir réalisées, mais que, considérées d'une manière absolue, elles demeurent encore bien au-dessous de la vérité.

La machine à vapeur est une découverte qu'on ne saurait comparer, pour la grandeur de ses conséquences, qu'à celle de l'imprimerie, ou bien encore à celle du continent américain. Ces découvertes immenses, bien que remontant déjà à près de quatre siècles, sont loin d'avoir déroulé à nos yeux toute la série d'effets qu'elles sont destinées à produire. Il en sera de même de la conquête que le monde a faite en transformant la vapeur dans une force motrice illimitée dans son action et applicable à tant d'usages. Bien des générations se succéderont avant qu'on puisse en calculer toute la portée. Aussi personne n'a encore essayé de déterminer dès à présent, dans toute leur étendue, les modifications que cette puissance nouvelle doit opérer dans l'économie des peuples civilisés.

L'influence des chemins de fer s'étendra sur tout l'univers. Dans les pays arrivés à un haut degré de civilisation, ils imprimeront à l'industrie un immense essor; leurs résultats économiques seront dès le début magnifiques, et ils accéléreront le mouvement progressif de la société. Mais les effets moraux qui doivent en résulter, plus grands encore à nos yeux que leurs effets matériels, seront surtout remarquables chez les nations qui, dans la marche ascensionnelle des peuples modernes, sont demeurées attardées. Pour elles les chemins de fer seront plus qu'un moyen de s'enrichir, ils seront une arme puissante, à l'aide de laquelle elles parviendront à triompher des forces retardatrices qui les retiennent dans un état funeste d'enfance industrielle et politique. La locomotive, nous en avons la ferme conviction, a pour mission de diminuer, sinon de faire disparaître tout à fait, l'humiliante infériorité à laquelle sont réduites plusieurs branches de la grande famille chrétienne. Envisagée sous cet aspect, elle remplit un rôle en quelque sorte providentiel; c'est peut-être pourquoi on la voit triompher si facilement et si promptement des difficultés et des obstacles qui paraissaient devoir l'empêcher pendant long-temps de pénétrer dans certaines contrées.

Si ce que nous venons de dire est vrai, si nous ne sommes pas sous l'empire d'une illusion complète, nul pays plus que l'Italie n'est en droit de fonder sur l'action des chemins de fer de plus grandes espérances. L'étendue des conséquences politiques et sociales qui doivent en découler dans cette belle contrée témoignera, mieux que ce qui se passera partout ailleurs, de la grandeur du rôle que ces nouvelles voies de communication sont appelées à jouer dans l'avenir du monde. Dans cette persuasion, nous croyons qu'il ne sera pas sans intérêt pour les lecteurs de cette revue, de voir traiter avec quelques développements, ainsi que nous nous proposons de le faire, les questions qui se rattachent à l'établissement des chemins de fer en Italie.

Notre tâche sera singulièrement facilitée par l'ouvrage dont le titre se trouve placé en tête de cet article. Son savant auteur, le comte Petitti, après avoir puissamment contribué, comme homme d'État, au succès de la cause des chemins de fer dans son pays, a voulu, en sa qualité de publiciste distingué, faire participer ses concitoyens aux lumières qu'il a acquises grâce à de longs travaux et de fructueuses recherches. Dans ce but il a composé un livre dans lequel il a réuni d'abord les notions les plus exactes et les plus circonstanciées sur tous les chemins de fer qui ont été exécutés en Italie, sur ceux dont l'exécution est commencée, et sur ceux-là même qui sont encore à l'état de projet; et où il a traité ensuite d'une manière lumineuse et profonde les principaux problèmes auxquels donne lieu l'application des chemins de fer. Son ouvrage est en quelque sorte un manuel complet à l'usage des lecteurs italiens. Aussi est-il destiné à rendre les plus grands services dans un pays où les hautes questions industrielles ne sont familières qu'à un très-petit nombre de lecteurs.

Toutes les personnes, à quelque nation qu'elles appartiennent, qui attachent à ces questions un haut intérêt, feront bien de lire en entier cet ouvrage remarquable. Nous nous bornerons, dans cet article, à en extraire les faits les plus saillants, afin de faire concevoir quel sera dans l'avenir l'ensemble du système des chemins de fer italiens, et à y puiser les documents nécessaires pour justifier l'opinion que nous avons émise sur la grandeur de leur action morale.

Le développement des chemins de fer en pleine activité est encore fort restreint en Italie. C'est à peine si les locomotives circulent sur quelques courts tronçons isolés. Cependant il y a long-temps qu'on s'y occupe de chemins de fer. En 1835, des compagnies sollicitaient déjà des gouvernements de la péninsule la concession de plusieurs lignes importantes.

Mais ces entreprises colossales inspirèrent dans le début aux capitalistes une méfiance que la crise financière, suite des événements de 1840, vint aggraver. Le mauvais effet produit par le peu de succès de plusieurs chemins de fer français s'ajoutant à cette cause, il en résulta que ces premières tentatives n'aboutirent qu'à de faibles résultats. Le chemin de Naples à Castellamare et celui de Milan à Monza sont les seuls qu'on puisse attribuer à cette période d'essais presque stériles.

Depuis lors, les résultats chaque jour plus remarquables et mieux connus des chemins de fer en Angleterre, en Allemagne, en Belgique et en France, ont prodigieusement modifié la disposition des esprits en Italie. Là, comme partout ailleurs, on a réclamé l'exécution de ces voies merveilleuses qui se jouent également du temps et de l'espace. Cédant aux vœux des peuples, la plupart des souverains italiens se sont déclarés en faveur des chemins de fer. Plusieurs gouvernements se sont chargés de l'exécution directe des grandes lignes, sans repousser toutefois l'aide de l'industrie privée pour les lignes secondaires ; d'autres se sont bornés à favoriser la formation de compagnies puissantes auxquelles ils ont abandonné l'exécution de toutes les lignes de l'État.

A l'heure qu'il est, si l'on excepte les États-Romains et quelques principautés secondaires, tous les pays de l'Italie ont mis activement la main à l'œuvre. Les travaux sont commencés sur plusieurs lignes considérables, et un beaucoup plus grand nombre de projets sont assez avancés, pour qu'on ne puisse douter d'en voir commencer incessamment l'exécution. Au point où les choses sont arrivées, il est possible de déterminer, sinon avec une parfaite exactitude, du moins par approximation, quel doit être le tracé du grand réseau de chemins de fer destiné dans quelques années à relier tous les points de l'Italie, depuis le pied des Alpes jusqu'au fond du golfe de Tarente.

Afin d'en faire saisir l'ensemble nous allons tracer une esquisse rapide des principales lignes qui devront en faire partie. Ce tableau suffira pour donner une idée de son immense importance.

L'Italie, sous le rapport géographique, peut être divisée en deux grandes sections. Au nord, la vallée du Pô, à laquelle se rattachent les plaines de la Romagne et des Marches jusqu'à Ancône et Lorette. Au midi, toutes les contrées que les Apennins séparent, et que les mers Adriatique et Méditerranée entourent de trois côtés. La première section, la vallée du Pô, à laquelle est réunie par les liens de la politique et des intérêts commerciaux l'industrieuse Ligurie, offre un champ admirable aux chemins de fer. Aussi est-ce, selon nous, la contrée où ils sont appelés à recevoir les plus vastes développements Pénétrés de cette vérité, le gouvernement autrichien et le gouvernement piémontais, qui en possèdent la plus grande partie, ont hautement manifesté l'intention de coopérer par tous les moyens en leur pouvoir à l'exécution du réseau que le pays réclame.

Dans ce but, le cabinet de Turin, mettant à profit les ressources considérables dont il peut disposer, sans grever l'avenir, ni imposer de nouvelles charges à ses sujets, grâce à la sage économie de son administration, a décidé que les lignes réunissant un intérêt économique considérable à un caractère politique seraient exécutées aux frais de l'État. Pour les lignes secondaires, il a fait appel à l'industrie privée, qui, nous sommes heureux de le dire, n'a pas été sourde à sa voix.

Les lignes gouvernementales décrétées, et qu'on peut considérer comme étant en cours d'exécution, sont au nombre de trois. Ayant pour point commun de départ la ville d'Alexandrie, dont l'importance stratégique est si grande, ces lignes se dirigent sur Gênes, sur Turin et sur le Lac-Majeur. Un simple coup d'œil sur la carte du Piémont suffit pour prouver qu'elles peuvent être considérées comme formant les grandes artères de ce pays. En effet, elles réunissent sa capitale avec la mer, la Suisse et le reste de l'Italie septentrionale.

Pour atteindre ce dernier résultat une faible lacune existe toutefois dans les projets approuvés. Par suite de quelques difficultés soulevées par le gouvernement autrichien, on n'a pas encore pu décider comment on réunirait les lignes piémontaises aux lignes lombardes. Une telle lacune ne peut subsister long-temps. La Lombardie a un intérêt trop réel et trop pressant à établir avec la Méditerranée et la France des communications promptes et faciles, pour que le cabinet de Vienne refuse sérieusement d'exécuter lui-même, ou de laisser exécuter par l'industrie, la ligne si courte et si facile qui, allant de Milan au Tésin, permettra à la vapeur de circuler sans interruption dans toute la longueur de la vallée du Pô. Les projets du gouvernement sarde ne se bornent pas à ceux que nous venons d'indiquer. Il a manifesté l'intention d'exécuter une entreprise bien plus importante et bien plus grandiose. Il veut rattacher la Savoie au Piémont par un chemin de fer qui, perçant les Alpes près de leur base, passerait à peu de distance du col du Mont-Cenis, célèbre déjà par la route qu'on signale encore comme une des merveilles du règne de Napoléon.

Cet admirable projet a été mis à l'étude, et s'il ne s'élève pas d'insurmontables difficultés, que, jusqu'à présent, les hommes de l'art les plus compétents ne paraissent pas prévoir, nous ne tarderons pas à en voir entreprendre l'exécution.

Le chemin de fer de Turin à Chambéry, à travers les plus hautes montagnes de l'Europe, sera le chef-d'œuvre de l'industrie moderne; ce sera le plus beau triomphe de la vapeur, le complément de sa gloire; après avoir dompté les fleuves les plus rapides et les flots orageux de l'Océan, il ne lui reste plus qu'à venir à bout des neiges éternelles et des glaciers qui s'élèvent entre les peuples divers comme d'infranchissables barrières. Ce chemin sera une des merveilles du monde; il rendra immortel le nom du roi Charles-Albert, qui aura eu le courage de l'entreprendre et l'énergie de l'exécuter. Les bienfaits incalculables qui doivent en résulter rendront à jamais la mémoire de son règne, signalé déjà par tant d'œuvres glorieuses, chère, non-seulement à ses propres sujets, mais à tous les Italiens.

On nous reprochera peut-être d'exagérer l'importance de cette route; mais, si l'on réfléchit qu'elle est destinée à faire, pour ainsi dire, disparaître les distances qui séparent Venise, Milan, Gênes, Turin et toutes les principales villes italiennes des pays qui marchent à la tête de la civilisation, de Londres et de Paris, ces foyers ardents de lumières, on sera forcé de convenir que, loin d'évaluer trop haut les effets du chemin de fer des Alpes, nous avons été inhabile à calculer son influence sur l'avenir industriel et politique de l'Italie.

Cette ligne fera de Turin une ville européenne, placée au pied des Alpes, à la limite extrême des plaines de l'Italie; elle sera le point d'union du nord et du midi; le lieu où les peuples de race germaine et ceux de race latine viendront faire un échange de produits et de lumières, échange dont profitera surtout la nation piémontaise, qui participe déjà aux qualités des deux races. Admirable perspective, magnifique destinée que Turin devra à la politique éclairée des rois, auxquels elle sert depuis des siècles de fidèle capitale.

L'industrie privée se prépare à répondre à l'appel du gouvernement et à l'attente du pays. Plusieurs compagnies sont organisées ou sont en train de se constituer pour demander la concession des lignes secondaires qui doivent relier tous les points de l'État aux lignes principales. Des demandes ont déjà été adressées au gouvernement pour les lignes de Turin à Pignerol, de Turin à Saviglian et de Casal à Valence. Il est probable que l'année 1846 ne s'achèvera pas sans que ces compagnies industrielles aient commencé sérieusement à travailler sur plusieurs lignes.

Parmi les chemins de fer que l'industrie privée est appelée à entreprendre, il en est un qui se distingue par l'importance qu'il doit avoir sous le rapport politique aussi bien que sous le rapport économique. C'est celui qui, partant de Turin, suivra la rive gauche du Pô pour se diriger sur Milan, en passant par Verceil et Novare. Si la vallée du Pô formait un seul État, si tous les pays compris entre Venise et Turin reconnaissaient le même souverain, cette ligne serait la principale de l'Italie septentrionale ; elle ferait partie de la grande artère à laquelle toutes les lignes secondaires viendraient se rattacher. Tant que les rives du Tésin seront séparées par une ligne de douane, elle ne saurait aspirer à jouer ce premier rôle parmi les chemins sardes ; elle doit céder la prééminence politique à celui de Turin à Gênes. Néanmoins, dans l'état actuel des choses, ce chemin est le plus important de ceux qui peuvent être abandonnés à l'industrie privée. Sans tenir compte des espérances de l'avenir, on peut prédire qu'il exercera une grande influence et donnera de beaux résultats économiques. Destiné, en effet, à relier Turin aux provinces les mieux cultivées du pays, aux vallées industrieuses d'Aoste, de Bielle et à celles qui bordent le lac Majeur, il provoquera un immense mouvement intérieur. D'autre part, aboutissant d'un côté à la Suisse et de l'autre au Milanais, il sera un auxiliaire puissant du commerce extérieur et de transit des États-Sardes.

Les États Lombardo-Vénitiens ont été le premier pays de l'Italie
où il ait été sérieusement question de chemins de fer. Dès 1838,
une compagnie a entrepris, à ses risques et péril, la petite ligne
de Milan à Monza, ouverte au public depuis six années. Une autre
société sollicita et obtint du gouvernement autrichien la concession
de la ligne de Milan à Venise. L'exécution de ce beau projet rencontra, dès ses débuts, des difficultés qui en arrêtèrent long-
temps la marche. Les rivalités municipales, les jalousies de provinces à provinces, cette plaie invétérée, cause première des
misères de l'Italie, empêchèrent pendant plusieurs années qu'on
ne tombât d'accord sur le tracé à suivre, et furent sur le point
d'amener la dissolution de la compagnie. Ces premiers obstacles
surmontés, on aurait pu s'attendre à ce que les travaux fussent
poussés avec vigueur. Loin de là, l'apathie déplorable, que l'on
peut même qualifier de coupable, des capitalistes milanais et la
méfiance des actionnaires étrangers furent cause que l'entreprise
languit, et que déjà on commençait à désespérer de sa réussite,
lorsque l'intervention puissante et généreuse du gouvernement
autrichien vint la sauver d'une catastrophe inévitable. Dans cette
occasion, on doit reconnaître que le cabinet de Vienne s'est montré
animé envers ses sujets italiens de sentiments aussi éclairés que
bienveillants. C'est à lui qu'on doit d'avoir vu succéder, dans l'exécution de cette route, l'activité et l'énergie aux hésitations et aux
retards. Déjà, grâce à l'esprit plus entreprenant des actionnaires
vénitiens, le pont gigantesque sur la lagune est achevé, et la voie
de fer est posée de Venise à Vienne. Les travaux, poussés depuis
un an avec une certaine vigueur aux portes de Milan, s'étendront
dans quelques mois à tous les points de la route. Ainsi donc, si
aucun obstacle imprévu ne surgit, le vœu ardent des populations
sera bientôt satisfait, et, avant peu d'années, la riche capitale de
la fertile Lombardie et l'ancienne reine de l'Adriatique ne seront
plus qu'à quelques heures de distance.

La ligne lombardo-vénitienne ne sera point complète, tant
qu'elle ne se rattachera pas aux lignes sardes pour former avec
elles la grande artère de la vallée du Pô. La lacune que nous

avons déjà signalée en parlant des chemins piémontais sera bientôt comblée. La force des choses triomphera aisément de quelques mesquines jalousies politiques et commerciales. Milan a plus d'intérêts à cette ligne que Gênes et Turin ; car c'est par ces villes que doivent passer les principaux produits de la Lombardie, c'est-à-dire les fromages et les soies, pour arriver aux marchés de consommation placés sur les bords de la Méditerranée ou au delà des Alpes, en France et en Angleterre.

L'union dont nous parlons peut s'opérer de deux manières : soit au moyen d'une ligne qui, se dirigeant directement sur Turin, irait couper à Vigevano la ligne de Gênes au lac Majeur ; ou bien encore, par un chemin qui, de Milan passant par Pavie, tendrait à Gênes en ligne droite. Chacun de ces systèmes présente des avantages particuliers. Le premier, plus conforme à la configuration géographique du pays, conviendrait mieux aux intérêts généraux de la vallée du Pô ; le second, rapprochant davantage Milan de la mer, serait peut-être, pour le moment, préférable sous les rapports commerciaux. Quel que soit leur mérite relatif, l'essentiel c'est que l'un ou l'autre s'exécute promptement. Nous ne doutons pas que, plus tard, lorsque les avantages des chemins de fer seront pleinement appréciés, et lorsque les conditions économiques et politiques de l'Italie se seront améliorées, ces deux lignes ne soient également exécutées, et ne forment ainsi avec les lignes piémontaises un admirable triangle de voies de fer, dont Turin, Gênes et Milan seront les sommets.

Le royaume lombard-vénitien réclame, tout comme le Piémont, un grand nombre de lignes secondaires. Déjà le chemin de Milan à Côme est concédé. Les chemins destinés à relier à la ligne principale des villes riches et importantes, comme Bergame, Mantoue et Crémone, ne tarderont pas à l'être. Lorsque les lignes intérieures seront achevées, il faudra encore rattacher le système lombardo-vénitien, d'une part, aux lignes qui se construiront dans les provinces situées sur la rive droite du Pô, et de l'autre, aux réseaux allemands dont Trieste est un des aboutissants.

La réunion des deux rives du Pô, au moyen des chemins de fer,

offre d'immenses difficultés techniques, économiques et politiques.
Aussi elle ne pourra avoir lieu que dans quelques années, lorsque
les autres parties du réseau italien seront achevées. La cause des
chemins de fer aura fait alors de tels progrès, ils seront devenus
tellement populaires, qu'aucune considération pécuniaire ni aucun
obstacle matériel ne sauraient plus arrêter l'exécution des lignes
que l'intérêt général réclamera des gouvernements d'une manière
impérieuse.

Il n'en est pas de même de la ligne de Trieste à Vienne, destinée à relier l'Allemagne à l'Italie. Cette route, qui ne présente
presque pas de difficultés, est d'un intérêt trop grand, relativement à l'Autriche, pour que nous croyions que l'exécution en soit
long-temps retardée.

De tous les chemins de fer dont nous avons parlé jusqu'ici,
celui-ci est peut-être le seul dont l'utilité pour l'Italie puisse **être
contestée. En effet, s'il présente des avantages évidents** sous le
point de vue économique en favorisant l'exportation en Allemagne
des produits abondants du sol italien, il augmente en même temps
les moyens d'influence de la maison d'Autriche sur l'Italie entière,
et facilite l'action de ses forces pour la maintenir sous la dépen-
dance. Cette objection est spécieuse, mais elle n'est pas fondée.

Si l'avenir réserve à l'Italie des destinées plus heureuses, si
cette belle contrée, ainsi qu'il est permis de l'espérer, est destinée
à reconquérir un jour sa nationalité, ce ne peut être que par suite
d'un remaniement européen, ou par l'effet d'une de ces grandes
commotions, de ces évènements en quelque sorte providentiels
sur lesquels la facilité de faire mouvoir plus ou moins vite quelques régiments que procurent les chemins de fer ne saurait exercer
aucune influence. Le temps des conspirations est passé; l'émancipation des peuples ne peut être l'effet ni d'un complot ni d'une
surprise, elle est devenue la conséquence nécessaire des progrès
de la civilisation chrétienne, du développement des lumières. Les
forces matérielles dont disposent les gouvernements seront impuis-
santes à maintenir sous le joug les nations conquises, lorsque
l'heure de leur délivrance aura sonné; elles céderont devant l'ac-

2*

tion des forces morales qui grandissent chaque jour, et qui doivent tôt ou tard opérer en Europe, avec l'aide de la Providence, une commotion politique, dont la Pologne et l'Italie sont appelées à profiter plus que tout autre pays.

Le chemin qui rapprochera de quelques heures Vienne de Milan ne saurait empêcher de si grands événements.

Cela étant, le chemin de Vienne à Trieste est un de ceux dont l'exécution est le plus à désirer; car si, dès à présent, il est avantageux à l'agriculture italienne en lui assurant de nombreux débouchés, dans l'avenir, lorsque les relations que la conquête a établies auront fait place à des rapports d'égalité et d'amitié, il rendra d'immenses services au pays, en facilitant les rapports intellectuels et moraux que, plus que personne, nous souhaitons de voir établis entre la grave et profonde Allemagne et l'intelligente Italie.

La question des chemins de fer est bien moins avancée sur la rive droite que sur la rive gauche du Pô. Le peu d'étendue des principautés qui se partagent le pays, la faiblesse de leurs ressources pécuniaires, l'imperfection de leur système administratif, enfin des préjugés non encore déracinés, rendent problématique l'exécution des chemins de fer dans la partie méridionale de la vallée du Pô, qui n'est pas comprise dans les États-Sardes. Toutefois, l'incertitude que nous sommes forcé de constater ne porte que sur une question de temps. Il n'est pas douteux que dans un avenir peu éloigné, les riches plaines du Parmesan et du Milanais seront dotées d'un réseau de chemins de fer, ainsi que les autres contrées du nord de l'Italie. Déjà, une compagnie qui compte dans son sein tout ce que Bologne et les villes de la Romagne renferment de plus distingué, sollicite depuis un an l'autorisation d'exécuter à ses frais le chemin d'Ancône à Bologne, en manifestant l'intention de le prolonger sur Modène et Parme. Le gouvernement pontifical, par un excès de prudence qu'il est plus facile d'expliquer que de justifier, a jusqu'ici refusé son consentement à ce projet. Cependant il paraît que les instances de la compagnie, les demandes réitérées des populations, appuyées par les remontrances du prélat distingué qui administre les Légations sont sur le point de triompher des répugnances de la cour de Rome. On espère voir paraître incessamment un décret du souverain pontife pour concéder la ligne d'Ancône à Bologne à la compagnie dont nous venons de parler.

Nous appelons de tous nos vœux ce changement heureux dans la politique romaine; et cela, non-seulement à cause de l'importance de la ligne en question, mais surtout parce que l'exécution en Romagne de grands travaux d'utilité publique doit procurer un soulagement immédiat aux classes inférieures de ce pays si cruellement agité depuis quelque temps, et fournir au patriotisme et à l'activité des classes supérieures et moyennes un aliment qui leur rendra plus facile la politique de patience et d'attente, seule convenable dans la situation actuelle de l'Italie.

La ligne d'Ancône à Bologne **entraînera comme conséquence indispensable, celle de Bologne aux États-Sardes, par Modène et Parme.** La compagnie qui sera en possession de la première aura un tel intérêt à voir exécuter la seconde, qu'elle se soumettra dans ce but à tous les sacrifices que les gouvernements dont elle dépend voudraient lui imposer, et ceux-ci, aidés par le concours d'une compagnie puissante, ne sauraient résister long-temps aux désirs ardents et légitimes de leurs sujets.

Ainsi donc, il est permis d'espérer que dans un avenir rapproché on travaillera aux chemins de fer avec une égale ardeur sur les deux rives du Pô. Sans être considéré comme un utopiste, on peut prédire qu'avant dix ans, le magnifique bassin que forme ce fleuve sera traversé dans toute sa longueur par deux grandes lignes qui, ayant Turin pour point de départ commun, se dirigeront également vers l'Adriatique, pour aboutir, l'une à Venise, après avoir traversé les plaines fécondes du Piémont et de la Lombardie, l'autre à Ancône, après avoir mis en communication les États-Sardes, les duchés de Parme et de Modène, les Légations et les Marches.

A ces deux lignes principales se rattacheront une foule de lignes secondaires qui feront circuler en tout sens les populations et les richesses. Enfin, lorsqu'à ce réseau viendront se joindre les chemins allemands par Trieste, et les chemins français et suisses par la ligne des Alpes, cette admirable pensée du roi Charles-Albert, le nord de l'Italie sera en mesure de reconquérir le haut degré de prospérité et de puissance auquel lui donnent droit sa position géographique, la richesse de son sol et les ressources naturelles de tout genre qu'il possède. Ce sera, nous aimons à le penser, le plus beau triomphe des chemins de fer.

La Toscane, qui forme en quelque sorte l'Italie centrale, ne s'est laissé devancer par aucun autre État dans la question des chemins de fer. La principale ligne du pays, celle de Livourne à Florence, a été concédée et entreprise depuis long-temps. La crise financière de 1840 et la défaveur qui a pesé sur les chemins de fer pendant quelque temps, en ont retardé l'exécution; mais depuis deux ans on y travaille avec ardeur; de telle sorte que selon toute probabilité, cette ligne, d'une importance vitale pour la Toscane, déjà ouverte de Livourne à Pontadera, c'est-à-dire sur le tiers de sa longueur, sera livrée au public dans l'espace de deux ou trois ans.

L'engouement général pour les chemins de fer qui s'est emparé de tous les esprits en Europe, joint aux succès inespérés du chemin de Livourne à Pise, a fait surgir en Toscane une foule de compagnies pour l'exécution d'un grand nombre de lignes. Deux de ces compagnies ont obtenu des concessions formelles, et déjà elles ont mis la main à l'œuvre. La première construit le chemin de Lucques à Pise, qui doit être bientôt achevé; la seconde a entrepris une ligne étendue, appelée chemin toscan central, et qui est destinée à rattacher Sienne à Florence et Livourne, en venant joindre à Empoli la route qui unira ces deux villes.

Les principales routes qui ne sont pas concédées, ou du moins sur lesquelles il n'a pas encore été entrepris de travaux sérieux, sont :

1° La route de Florence à Bologne.

2° Celle de Florence à Forli.

3° Celle de Florence à Lucques, qui aurait, avec celle de Bologne, un tronc commun jusqu'à Pistoie.

4° Celle de Florence à Rome.

5° Une ligne qui de Livourne se dirigerait sur les États-Romains, en longeant la mer et traversant les Maremmes dans toute leur longueur.

Certes, parmi les chemins de fer que nous venons d'énumérer, et peut-être même parmi ceux que nous avons omis de mentionner, il en est plusieurs d'une grande utilité pour le pays, et qui en même temps offrent, pécuniairement parlant, des chances raisonnables de succès. Il en est un surtout que nous n'hésitons pas à signaler comme ayant une importance commerciale et politique du premier ordre, c'est le chemin de Florence à Bologne. Nous ignorons quels sont les obstacles que le passage des Apennins oppose à son exécution, mais nous croyons pouvoir affirmer que, si ces difficultés peuvent se surmonter avec de l'argent, il est du devoir et de l'intérêt du gouvernement toscan de venir en aide à la compagnie qui entreprendra de faire communiquer la Méditerranée avec l'Adriatique, en mettant Livourne en rapport direct avec la Romagne, les provinces vénitiennes et le port de Trieste.

Mais s'il est des lignes en Toscane dont l'exécution est réclamée par l'intérêt général, et qui soient susceptibles d'indemniser les capitalistes de leurs avances, il en est d'autres dont la construction imposerait au pays ou aux compagnies qui les entreprendraient des sacrifices hors de proportion avec les avantages qu'on est en droit d'en attendre. Ainsi, nous ne concevons pas ce qu'on peut espérer d'un chemin qui traverserait les marais désolés qui séparent Livourne de Grossetto. Cette ligne, fût-elle prolongée jusqu'à Rome, ce qui est excessivement peu probable, il faudrait bien des années, des siècles peut-être, avant que les relations de Livourne avec Rome offrissent un aliment suffisant à l'entretien d'une ligne très-étendue, qui ne pourrait compter pour rien les produits des points intermédiaires placés le long de la route.

La plupart des projets mis en avant en Toscane depuis dix-huit

mois, nés au moment où la fièvre industrielle était la plus violente, sont destinés à périr dans les cartons ministériels. Ils auront
eu pour seul résultat d'avoir alimenté un jeu de bourse désastreux
à Livourne et sur quelques autres places du commerce, et d'avoir
enrichi des aventuriers industriels aux dépens d'une foule de gens
aussi avides que crédules.

Les inconvénients graves qui ont résulté en Toscane des spéculations effrénées sur les chemins de fer, ainsi que les scènes scan-
daleuses qui se sont passées aux bourses de Londres, de Paris et
des autres principales villes de l'Europe, ont inspiré au comte
Petitti une véritable horreur pour l'agiotage, qu'il manifeste à peu
près dans tous les chapitres de son ouvrage.

Nous applaudissons aux généreux sentiments qui animent l'illustre écrivain, et nous espérons que nos compatriotes, mettant à
profit les sages conseils qu'il leur adresse, sauront se préserver
des embûches que d'adroits et cupides spéculateurs pourraient
tendre à leur bonne foi. Mais nous ne pouvons également approuver
les remèdes qu'il suggère aux gouvernements pour guérir radica-
lement la plaie de l'agiotage. Nous croyons qu'en voulant prévenir
l'abus qu'on peut faire de l'esprit d'association, il va jusqu'à con-
seiller l'emploi de moyens qui l'empêcheraient de naître et de se
développer; ce qui serait pour tous les pays, mais pour l'Italie
surtout, un mal infiniment plus grand que celui dont il paraît si
frappé.

Nous n'avons pas la prétention de combattre ici, d'une manière
incidente, les opinions que le comte Petitti a développées avec tant
d'étendue et de chaleur; nous nous bornerons à lui soumettre,
ainsi qu'aux lecteurs de la péninsule italienne, quelques observa-
tions qui nous paraissent dignes d'être prises en sérieuse considération.

Tous les arguments dont le comte Petitti fait usage pour combattre les abus de l'esprit d'association et de la liberté des contrats industriels, sont identiques à ceux dont se servent, dans
toutes les questions sociales, les personnes qui défendent le système préventif et s'opposent à ce que l'on lui substitue le système

répressif, plus conforme à l'esprit du temps et aux progrès du siècle.

Certainement, en thèse générale, il vaut mieux prévenir que punir, empêcher le mal que le réprimer. Si des anges, ou seulement des hommes supérieurs par leurs lumières et leurs sentiments étaient toujours chargés de l'application des lois, nous ne voudrions que des lois préventives, non-seulement pour ce qui a rapport aux sociétés industrielles, mais encore dans toutes les branches des institutions sociales. Nous proclamerions alors les censures, les arrestations arbitraires, les lois de suspects comme les meilleurs moyens possibles de gouvernement. Mais comme toutes les lois doivent être laissées à l'exécution d'hommes imparfaits, animés souvent de passions mesquines ou dominés par d'absurdes préjugés, nous ne saurions donner au système préventif une approbation absolue, et nous persistons à croire, avec la grande majorité des publicistes modernes, que dans une société suffisamment développée, il empêche plus de bien qu'il ne prévient de maux.

Sans sortir du sujet qui nous occupe, il est possible de prouver ce que nous venons de dire d'une manière évidente. Le comte Petitti, frappé des désastres que les jeux de bourse produisent, voudrait proscrire d'une manière absolue, au moyen des mesures les plus rigoureuses, les marchés à terme. Un tel projet, dans les pays où les valeurs négociables abondent, rencontrerait, nous le croyons, des obstacles presque insurmontables. Les efforts qu'on tenterait pour le réaliser n'auraient probablement d'autres effets que de substituer à l'action des agents de change reconnus par l'État et présentant une certaine responsabilité, celle des courtiers marrons, moins honnêtes et moins scrupuleux. Mais supposons que, par des moyens que nous ignorons encore, le comte Petitti obtienne ce qu'on n'a pu obtenir nulle part, et qu'il parvienne à empêcher toute espèce de marchés à terme, voyons ce qui en résulterait.

La vente de toutes les valeurs ne pouvant plus avoir lieu qu'au comptant, une masse énorme de capitaux qui circulent sans cesse sur les grandes places du commerce cherchant un emploi temporaire, se trouveraient immédiatement arrêtés et rendus improductifs. Il n'est pas nécessaire d'être initié aux secrets de la Bourse pour savoir qu'au moyen des *reports*, qui sont une conséquence des ventes à terme, chaque jour il s'effectue une quantité incalculable de prêts pour le court espace d'un ou de deux mois. Le capitaliste qui se trouve en possession de fonds dont il n'aura d'emploi qu'au bout de trente ou de soixante jours, trouve à les utiliser sans courir la moindre chance défavorable en achetant comptant et vendant à terme des rentes ou d'autres valeurs négociables. Par contre, le spéculateur qui a besoin d'argent pour un court délai, peut s'en procurer sans aliéner ses titres, par l'opération inverse. Il vend comptant et achète à terme. Ces contrats n'ont rien que de parfaitement légitime; ils ne blessent aucunement les lois de la morale, et cependant ils rendent à l'industrie et au commerce de grands services. En les proscrivant, le comte Petitti pense-t-il qu'il n'en résulterait aucune conséquence fâcheuse? que dans les pays arrivés à un grand développement industriel on pourrait impunément immobiliser de grandes masses de capitaux, qui servent au mouvement des affaires? Ce serait là une erreur grave. La suppression absolue des marchés à terme amènerait sur les places de Londres, de Paris, d'Amsterdam et d'autres encore, une perturbation dont il est impossible de prévoir tous les résultats.

Mais ce n'est pas seulement l'industrie et le commerce qui auraient à souffrir de l'abolition des marchés à terme. Le trésor public en ressentirait les effets toutes les fois qu'il serait forcé de recourir au crédit. La manière la plus avantageuse de contracter un emprunt, c'est d'en distribuer le payement en plusieurs termes éloignés; aussi est-ce la méthode que presque tous les gouvernements ont adoptée, le gouvernement sarde comme les autres. Mais ces contrats sont de véritables marchés à terme, car les gouvernements vendent à un prix déterminé des rentes livrables au bout de plusieurs mois. Il est vrai qu'ils remettent aux soumissionnaires de l'emprunt des titres provisoires, qui sont négociables au comptant; mais ceux-ci, personnellement responsables envers les gouvernements, ne peuvent se dessaisir de ces titres qu'en faveur d'individus sur l'exactitude desquels ils puissent compter. Il leur est beaucoup plus sûr et plus avantageux de vendre à terme. Si ce genre d'opération leur était interdit, ils ne se chargeraient pas de l'emprunt; ou du moins ils exigeraient en le souscrivant des conditions plus onéreuses.

Malgré les considérations que nous venons de développer pour justifier jusqu'à un certain point les marchés à terme, nous déplorons autant que le comte Petitti les funestes effets de l'amour du jeu, qui trouve dans les spéculations industrielles un funeste aliment. Nous faisons des vœux sincères pour que les publicistes et les hommes d'État qui, ainsi que lui, sont animés d'un amour ardent du progrès et du bien, découvrent les moyens d'en réprimer les excès et les abus. Mais tant qu'on se bornera à proposer des mesures qui auraient pour résultat de rendre impossible toute entreprise qui ne peut être tentée qu'au moyen de l'esprit d'association, et dans laquelle il faut tenir compte des chances de l'avenir sujettes à des variations journalières, nous n'hésiterons pas à dire que le remède est pire que le mal.

Si l'abus des spéculations est à craindre, certes ce n'est pas en Italie, où une excessive timidité dans tout ce qui a rapport aux grandes entreprises est bien plus à redouter que la fièvre industrielle qui effraie tant le comte Petitti.

Au reste, en supprimant la vente à terme des valeurs négociables, on sera loin d'avoir enlevé tout aliment à l'amour du jeu, dans les pays où l'habitude des spéculations hasardeuses développe le goût des opérations fondées sur des chances aléatoires. Si on ne pouvait plus jouer sur les actions de chemins de fer, comme à Londres et à Paris, on jouerait sur les esprits-de-vins, comme à Marseille, sur les blés, comme à Gênes et à Livourne, sur les cotons, comme à Liverpool. Jusqu'à ces derniers temps on n'a pas pu spéculer en Belgique sur les chemins de fer; cela n'a pas empêché que ce pays ne fût le théâtre où les spéculations industrielles ont donné lieu aux excès les plus scandaleux : pour preuve il nous suffira de citer les *charbonnages belges*, qui resteront dans l'his-

toire comme un des exemples les plus frappants de l'abus qu'on
peut faire de l'esprit d'association.

Il est temps que nous revenions à notre sujet. La Toscane, ainsi
qu'on vient de le voir, est la contrée de l'Italie où l'exécution des
chemins de fer est le plus avancée. La région voisine ou l'État-
pontifical est dans une position diamétralement opposée. Là rien
n'a été fait; et, à l'exception de la ligne de Bologne à Ancône, si
énergiquement sollicitée par la Romagne, on ne songe guère à
rien faire.

Un tel fait est triste, cependant il ne faut pas s'exagérer la portée de la malheureuse antipathie que les chemins de fer inspirent
au gouvernement romain. Les faits triomphent toujours des opinions erronées. Les résultats d'une seule grande ligne suffiront,
nous en sommes convaincu, pour modifier les opinions de bon
nombre de prélats romains. Six mois après que le chemin de Livourne à Florence sera livré au public, la majorité du sacré col-
lége changera d'avis; il est même permis d'espérer que la cause
des chemins de fer à Rome sera gagnée plus tôt. Nous avons assisté à des transformations si rapides en ce genre, nous avons vu
disparaître avec facilité tant de préjugés et d'antipathies qui paraissaient invincibles, qu'il nous parait probable que le gouvernement pontifical ne sera plus long-temps le seul en Europe à empêcher ses peuples de participer à la jouissance d'un des plus
grands bienfaits de la Providence.

Lorsque les sentiments actuels de la cour romaine se seront
modifiés, Rome ne tardera pas à devenir le centre d'un vaste réseau de chemins de fer, qui relieront cette auguste cité avec les
deux mers Méditerranée et Adriatique, ainsi qu'avec la Toscane
et le royaume de Naples. Ce système, dont l'exécution offre, il est
vrai, quelques difficultés matérielles qui ne sont pas toutefois au-
dessus des efforts de l'industrie moderne, assure à Rome une position magnifique. Centre de l'Italie, et en quelque sorte des contrées qui entourent la Méditerranée, sa puissance d'attraction, déjà
si considérable, recevra une prodigieuse extension. Située sur la
route de l'Orient à l'Occident, les peuples de tous les pays accour-

ront en foule dans ses murs pour y saluer l'ancienne maîtresse du monde, la métropole moderne de la chrétienté, qui, malgré les vicissitudes sans nombre auxquelles elle a été sujette, est encore la ville la plus riche en précieux souvenirs et en magnifiques espérances.

Grâce au ciel, après avoir franchi la frontière romaine on n'est plus réduit aux hypothèses et aux conjectures. On trouve dans le royaume de Naples des chemins achevés, des chemins en voie d'exécution, et un grand nombre de projets sagement élaborés qui ne tarderont pas à être réalisés.

Naples a été un des premiers États de l'Italie qui aient assisté à l'inauguration d'un chemin de fer. Il y a déjà deux ans que les locomotives circulent de Naples à Castellamare, et depuis peu elles parcourent la ligne de Naples à Capoue. Ces chemins n'ont encore qu'une faible importance économique, leur principal mérite consiste dans l'agrément qu'ils procurent à la population napolitaine et à ses nombreux visiteurs. Ce sont surtout d'admirables moyens de promenade dans des sites enchanteurs ; mais ils ne tarderont pas à jouer un rôle plus important, car ils sont destinés à devenir la tête des principaux chemins du royaume. Leur prolongation est décidée. Le chemin de Capoue s'étendra jusqu'à la frontière romaine, et deviendra ainsi une portion importante de la ligne destinée à relier les deux plus grandes villes de l'Italie, Rome et Naples. Le chemin du midi doit, à Nocera, se diriger vers l'orient, et aller rejoindre la mer Adriatique à un point qui n'est pas encore déterminé. Ce second projet, moins avancé que le premier, est toutefois à l'étude, et son exécution ne saurait se faire long-temps attendre.

Les chemins de fer napolitains ne s'arrêteront pas lorsqu'ils auront rejoint l'Adriatique ; il est probable que, se tournant alors vers le midi, ils traverseront les riches provinces que baigne cette mer, et que, s'étendant jusqu'au bout de la péninsule, ils formeront le lien extrême des communications du continent européen avec le monde oriental.

Il n'est guère possible de prévoir l'époque précise à laquelle le réseau napolitain sera terminé ; il est à croire qu'il sera devancé par celui qui se construit dans la vallée du Pô. Néanmoins les avantages que les chemins de fer doivent présenter aux entreprises privées dans un pays aussi peuplé que le royaume de Naples, et les dispositions bien connues du roi, nous permettent d'espérer que le midi, aussi bien que le nord de l'Italie, sera bientôt doté de ces voies nouvelles, dont l'effet merveilleux est destiné à influer si puissamment sur le sort de la belle péninsule italique.

D'après l'exposé que nous venons de faire de ce qui se passe en Italie, on est fondé à prévoir le grand développement qu'atteindront les chemins de fer dans ce pays. Dans un petit nombre d'années, le bassin du Pô sera traversé en tout sens par un vaste système de routes en fer, qui reliera tous les points principaux du pays, et qui, s'étendant vers la France par la Savoie et vers l'Allemagne par Trieste, mettra l'Italie en communication constante avec le continent européen. Ce système se rattachera par une ou deux routes au réseau toscan, destiné, ainsi que nous l'avons vu, à recevoir une grande extension. Enfin dans le royaume de Naples un système complet rayonnant depuis la capitale fera circuler la vapeur d'une mer à l'autre, et, s'étendant jusqu'à Tarente ou à Otrante, tendra la main à l'Orient.

A ne juger l'avenir que par ce qui s'est fait jusqu'à présent, on est forcé de convenir que le tableau que nous traçons est obscurci par la lacune que présentent les États-Romains. Mais cette tache fâcheuse disparaîtra aussi. Le gouvernement pontifical cédera, comme tant d'autres, à l'évidence des faits et aux demandes incessantes de ses sujets. Alors les chemins de fer s'étendront sans interruption depuis les Alpes jusqu'à la Sicile, et ils feront disparaître les obstacles et les distances qui séparent les habitants de l'Italie et qui les empêchent de former une seule et grande nation.

Après avoir exposé l'ensemble du système de chemins de fer que l'Italie attend, il nous reste à chercher quels sont les effets probables qu'ils doivent y produire, et à justifier les espérances de plus d'un genre qu'ils nous ont fait concevoir, et que nous voudrions pouvoir faire partager à tous nos compatriotes.

Sous le rapport matériel, les chemins de fer sont destinés à rendre de grands services en Italie. En effet, s'ils sont avantageux aux pays manufacturiers, ils ne sont pas moins utiles à ceux où fleurit une riche agriculture. Cette opinion, qui au premier abord peut paraître paradoxale, est cependant fondée sur des faits incontestables. Les denrées que l'agriculture produit et les matières qu'elle emploie pour maintenir ses forces productrices, comme les engrais et les amendements inorganiques, sont bien autrement encombrantes que les matières premières et les produits de l'industrie manufacturière. Pour les transports agricoles des canaux seraient préférables aux chemins de fer; mais là où il n'existe pas de canaux, là surtout où leur exécution présente d'énormes difficultés, soit à cause de circonstances naturelles, soit encore parce qu'il convient mieux d'employer l'eau dont on peut disposer à l'irrigation des terres qu'à la formation de canaux, on peut affirmer que les chemins de fer rendront à l'agriculture des services dont il est difficile d'exagérer l'importance.

Ce qui est vrai pour le transport des marchandises, l'est plus encore pour ce qui regarde les personnes. Dans un rayon d'une certaine étendue, les populations agricoles riches se déplacent plus fréquemment que les populations industrielles. Là où la propriété est très-divisée, où l'exploitation du sol a lieu par fermes peu étendues, on ne saurait imaginer combien sont nombreuses les courses que les agriculteurs sont obligés de faire. La moindre affaire, le contrat le plus dénué d'importance forcent les cultivateurs à se rendre à plusieurs marchés. La vente ou l'achat d'une paire de bœufs est souvent la cause de plus de déplacements que l'approvisionnement nécessaire pour faire marcher une grande filature de Manchester pendant un mois.

Ce n'est pas tout, dans les pays où l'agriculture présente des cultures très-variées, comme dans le nord de l'Italie, les besoins des opérations agricoles diverses appellent, dans le courant de l'année, des flots mouvants de population, tantôt sur un point, tantôt sur un autre. Le printemps, ce sont les montagnards des Apennins qui descendent dans les plaines pour effeuiller les mûriers ; plus tard, ce sont les mêmes ouvriers auxquels se joignent d'autres venus de plus loin qui, dans d'autres localités, coupent les blés et fauchent les prés. L'automne, les habitants des collines viennent en aide à ceux des pays de plaine, et sont aidés à leur tour par ces derniers lors des vendanges.

Ce mouvement incessant, indispensable à la bonne culture d'un pays aussi varié que l'Italie, est bien plus considérable que celui qui a lieu parmi les ouvriers attachés aux grands centres industriels.

Les faits constatés en Angleterre viennent à l'appui de notre opinion. Le chemin de fer qui, relativement à son développement, présente le plus grand mouvement de voyageurs, est celui de Londres à Bristol, connu sous le nom de *Great-Western*, qui parcourt des comtés presque exclusivement agricoles. Sa supériorité sur le chemin de Londres à Birmingham est d'autant plus remarquable que celui-ci met Londres en communication, non-seulement avec une partie beaucoup plus peuplée de l'Angleterre, mais encore avec l'Écosse et l'Irlande.

La position de l'Italie du nord rend d'ailleurs les chemins de fer particulièrement avantageux à son agriculture. Ce pays, on le sait, produit une masse énorme de matières premières qui non-seulement ont une grande valeur relativement à leur poids, mais qui sont d'une nature essentiellement périssable, c'est-à-dire les cocons et les laitages. Les locomotives pouvant leur faire franchir en peu de temps les plus grandes distances, leur permettent d'arriver sans crainte d'avaries aux centres de fabrication et aux lieux de consommation. Lorsque les agriculteurs de la vallée du Pô pourront expédier leurs beurres frais sur les plages arides de la Méditerranée, en Ligurie et en Provence, ils verront s'ouvrir un débouché presque illimité pour les riches produits de leurs prairies arrosées.

Mais ce n'est pas sous le rapport agricole seul que l'Italie compte sur les chemins de fer comme sur un instrument puissant de progrès matériels. Si ce pays a surtout soigné la culture de son sol fécond, il n'est pas resté complétement étranger au mouvement

industriel qui s'est propagé, depuis la paix, sur le continent européen. Il possède déjà de nombreuses usines, de vastes manufac-
tures, de grands ateliers : dans le Piémont, en Lombardie et en
Toscane, le coton, la laine et la soie surtout sont travaillés avec
succès. L'établissement d'un système complet de chemins de fer,
en facilitant les communications, en diminuant les frais de transport et principalement en excitant l'activité et l'énergie des esprits
entreprenants dont le pays abonde, contribuera puissamment au
développement rapide de l'industrie en Italie. Nous serions fâché
que pour provoquer un pareil développement on eût recours à des
encouragements onéreux pour les intérêts généraux, tels que les
priviléges et les droits protecteurs excessifs. Mais en considérant
les ressources de tout genre que renferme le pays, la quantité
presque incalculable de forces motrices que les glaciers des Alpes
lui fournissent, l'abondance et la variété des produits de son sol,
les richesses minérales que renferment certaines parties de la péninsule et la Toscane en particulier ; enfin le chiffre de sa population sobre, intelligente, et susceptible de déployer une grande
faculté de travail, nous croyons que l'industrie, encouragée par
des lois équitables, honorée dans ses chefs, aidée par un système
bien entendu d'éducation professionnelle, est susceptible de s'élever par ses propres efforts à un haut degré de prospérité lorsque
l'Italie sera dotée de l'admirable système de communication dont
nous avons tracé le plan.

Sous le rapport commercial, l'Italie peut fonder de grandes espérances sur les chemins de fer. En rendant promptes, économiques et sûres les communications intérieures, en faisant en quelque
sorte disparaître la barrière des Alpes qui la séparent du reste de
l'Europe et qui sont si difficiles à franchir une partie de l'année,
nul doute que l'affluence des étrangers qui viennent chaque année
visiter l'Italie s'accroîtra d'une manière prodigieuse. Lorsque le
voyage de Turin, Milan, Florence, Rome et Naples exigera moins
de temps et moins de peines que le tour d'un lac de la Suisse, il
est difficile de calculer le nombre des personnes qui viendront
chercher dans ces contrées qui possèdent tant d'attraits, un air

plus sain et plus pur pour leur santé délabrée, des souvenirs pour leur intelligence ou même de simples distractions aux ennuis que développent les brumes du Nord. Les profits que l'Italie retire de son soleil, de son ciel sans nuages, de ses richesses artistiques, des souvenirs que le passé lui a légués, grandiront certainement dans une proportion considérable. C'est là un bienfait des chemins de fer que nous sommes loin de contester. Cependant nous pensons que c'est le moins important de tous ceux qu'on est en droit d'attendre, bien que ce soient ceux qui frappent davantage l'imagination du vulgaire. La présence d'une grande masse d'étrangers au milieu de nous est à coup sûr une source de profits, mais elle n'est pas exempte d'inconvénients. Les rapports des populations avec les personnes riches et oisives qu'elles exploitent en quelque sorte pour vivre, sont peu favorables au développement d'habitudes industrieuses et morales; ils engendrent un esprit d'astuce et de servilisme funeste au caractère national. Mettant au premier rang pour un peuple le sentiment de sa propre dignité, nous sommes peu sensible aux gains qu'on nous fait escompter en insolence et en morgue. Sans vouloir arrêter le mouvement progressif qui pousse les étrangers vers l'Italie, nous ne le considérerons comme vraiment avantageux pour elle que lorsque, pouvant s'en passer, grâce aux progrès de son industrie, elle les traitera sur le pied d'une parfaite égalité.

Lorsque le réseau de chemins de fer sera complet, l'Italie entrera en jouissance d'un commerce de transit considérable. Les lignes qui uniront les ports de Gênes, Livourne, Naples avec ceux de Trieste, Venise, Ancône et de la côte orientale du royaume de Naples, amèneront à travers l'Italie un grand mouvement de marchandises et de voyageurs, allant et venant de la Méditerranée à l'Adriatique. De plus, si les Alpes sont percées, comme on a tout lieu de le croire, entre Turin et Chambéry, le lac Majeur et le lac de Constance, Trieste et Vienne, les ports de l'Italie seront en mesure de partager avec ceux de l'Océan et de la mer du Nord, l'approvisionnement de l'Europe centrale en denrées exotiques.

Enfin si les lignes napolitaines s'étendent jusqu'au fond du royaume, l'Italie sera appelée à de nouvelles et hautes destinées commerciales. Sa position au centre de la Méditerranée, où, comme un immense promontoire, elle paraît destinée à rattacher l'Europe à l'Afrique, la rendra incontestablement, lorsque la vapeur la traversera dans toute sa longueur, le chemin le plus court et le plus commode de l'Orient à l'Occident. Dès qu'on pourra s'embarquer à Tarente ou à Brindisi, la distance maritime qu'il faut franchir maintenant pour se rendre d'Angleterre, de France et d'Allemagne en Afrique ou en Asie, sera abrégée de moitié. Il est donc hors de doute que les grandes lignes italiennes serviront alors à transporter la plupart des voyageurs et quelques-unes des marchandises les plus précieuses qui circuleront entre ces vastes contrées. L'Italie fournira également le moyen le plus prompt pour se rendre d'Angleterre aux Indes et à la Chine ; ce qui sera encore une source abondante de nouveaux profits. D'après tout ce qui précède, il nous paraît clairement démontré que les chemins de fer ouvrent à l'Italie une magnifique perspective économique, et doivent lui fournir les moyens de reconquérir la brillante position commerciale qu'elle a occupée pendant tout le moyen âge.

Mais, quelque grands que soient les bienfaits matériels que les chemins de fer sont destinés à répandre sur l'Italie, nous n'hésitons pas à dire qu'ils resteront bien au-dessous des effets moraux qu'ils doivent produire.

Quelques courtes considérations suffiront pour justifier cette assertion aux yeux de tous ceux dont les opinions sur notre patrie ne reposent pas sur des bases erronées.

Les malheurs de l'Italie sont de vieille date. Nous ne chercherons pas à relever dans l'histoire leurs sources nombreuses. Un tel travail, déplacé ici, serait d'ailleurs au-dessus de nos forces. Mais nous croyons pouvoir établir comme chose certaine que la cause première doit en être attribuée à l'influence politique que les étrangers exercent depuis des siècles parmi nous, et que les principaux obstacles qui s'opposent à ce que nous nous affranchissions de cette funeste influence, ce sont, d'abord, les divisions intestines, les rivalités, je dirai presque les antipathies qui animent les villes contre les autres les différentes fractions de la grande famille italienne; et ensuite, la méfiance qui existe entre les princes nationaux et la partie la plus énergique de la population. Cette portion est évidemment celle qu'un désir souvent immodéré du progrès, un sentiment plus vif de nationalité, un amour plus ardent de la patrie, rendent l'auxiliaire indispensable, sinon le principal instrument de toute tentative d'émancipation.

Si l'action des chemins de fer doit diminuer ces obstacles, et peut-être même les faire disparaître, il en découle naturellement cette conséquence que ce sera une des circonstances qui doit le plus favoriser l'esprit de nationalité italienne. Un système de communications qui provoquera un mouvement incessant de personnes en tout sens, et qui mettra forcément en contact des populations demeurées jusqu'ici étrangères les unes aux autres, devra puissamment contribuer à détruire les mesquines passions municipales, filles de l'ignorance et des préjugés, qui déjà sont minées par les efforts de tous les hommes éclairés de l'Italie. Cette induction est tellement évidente, que personne ne songera à la contester.

Cette première conséquence morale de l'établissement des chemins de fer dans la péninsule italique est si grande à nos yeux, qu'elle suffirait à justifier l'enthousiasme qu'ils excitent chez tous les véritables amis de l'Italie.

Le second effet moral que nous en attendons, quoiqu'il soit moins facile d'en saisir au premier abord toute la portée, a plus d'importance encore.

L'organisation que l'Italie a reçue à l'époque du congrès de Vienne, fut aussi arbitraire que défectueuse. Ne s'appuyant sur aucun principe, pas plus sur celui de la légitimité violé à l'égard de Gênes et de Venise que sur celui des intérêts nationaux ou de la volonté populaire; ne tenant compte ni des circonstances géographiques, ni des intérêts généraux, ni des intérêts particuliers que vingt années de révolutions avaient créés, cette auguste assemblée, agissant uniquement en vertu du droit du plus fort, éleva un édifice politique dépourvu de toute base morale.

Un tel acte devait produire des fruits amers. Aussi malgré la conduite paternelle de plusieurs de nos princes nationaux, le mécontentement provoqué par le nouvel état de choses grossit rapidement pendant les années qui suivirent la Restauration, et un orage se forma pour éclater bientôt Les esprits ardents, les fauteurs de nouveautés, exploitant les passions belliqueuses dont l'Empire avait favorisé le développement, et trouvant un appui dans les sentiments généreux froissés par les décrets du congrès de Vienne, parvinrent à opérer les tristes mouvements de 1820 et 1821.

Ces tentatives révolutionnaires, quoique facilement réprimées, parce que les classes supérieures se trouvèrent divisées et que les masses n'y prirent qu'une faible part, n'en eurent pas moins pour l'Italie des conséquences déplorables. Sans rendre tyranniques les gouvernements du pays, ces essais désastreux excitèrent en eux une forte défiance contre toutes les idées de nationalité, et arrêtèrent le développement des tendances progressives qui leur sont naturelles et dont on avait déjà pu apercevoir des signes manifestes. L'Italie affaiblie, découragée, profondément divisée, ne put désormais songer de long-temps à tenter aucun effort pour améliorer son sort.

Le temps commençait à effacer les traces funestes des événements de 1821, lorsque la révolution de Juillet vint remuer jusque dans ses fondements l'édifice social européen. Le contre-coup de ce grand mouvement populaire fut considérable en Italie. Le retentissement de la victoire remportée par le peuple sur un gouvernement coupable, mais régulier, excita au plus haut degré les passions démocratiques, sinon dans les masses, du moins dans les esprits entreprenants qui aspirent à les dominer. Les chances d'une guerre de principe enveloppant l'Europe entière vinrent réveiller toutes les espérances de ceux qui rêvaient l'émancipation complète de la péninsule à l'aide d'une révolution sociale. Les mouvements qui s'organisèrent après 1830, à l'exception de ce qui a eu lieu dans une province qui, sous le rapport administratif, se trouve dans des conditions particulières, furent comprimés ai-

sément avant même qu'ils eussent éclaté. Il devait en être ainsi;
car ces mouvements, s'appuyant uniquement sur des idées répu-
blicaines et des passions démagogiques, ne pouvaient avoir de
portée sérieuse. En Italie, une révolution démocratique n'a pas de
chances de succès. Pour s'en convaincre, il suffit d'analyser les
éléments dont se compose le parti favorable aux nouveautés politiques. Ce parti ne rencontra pas de grandes sympathies dans les
masses, qui, à l'exception de quelques rares populations urbaines,
sont en général fort attachées aux vieilles institutions du pays. La
force réside presque exclusivement dans la classe moyenne et dans
une partie de la classe supérieure. Or, l'une et l'autre ont des intérêts très-conservateurs à défendre. La propriété, grâce au ciel,
n'est en Italie le privilége exclusif d'aucune classe. Là même où il
existe les débris d'une noblesse féodale, celle-ci partage avec le
tiers-état la propriété territoriale.

Sur des classes aussi fortement intéressées au maintien de l'ordre
social, les doctrines subversives de la jeune Italie ont peu de prise.
Aussi, à l'exception des jeunes esprits, chez qui l'expérience n'a
pas encore modifié les doctrines puisées dans l'atmosphère exci-
tante des écoles, on peut affirmer qu'il n'existe en Italie qu'un
très-petit nombre de personnes sérieusement disposées à mettre
en pratique les principes exaltés d'une secte aigrie par le malheur.
Si l'ordre social était véritablement menacé, si les grands principes sur lesquels il repose couraient un danger réel, on verrait,
nous en sommes persuadé, bon nombre de frondeurs les plus
déterminés, de républicains les plus outrés, se présenter des premiers dans les rangs du parti conservateur.

Les agitations révolutionnaires, suites des événements de 1830,
eurent des conséquences aussi funestes que les insurrections militaires de 1820 et 1821. Les gouvernements, attaqués avec pas-
sion, ne songèrent plus qu'à se défendre; mettant de côté toute
idée de progrès et d'émancipation italienne, ils se montrèrent
exclusivement préoccupés de détourner les dangers dont ils étaient
menacés, et qui étaient grossis, à leurs yeux, d'une manière per-
fide par les efforts du parti rétrograde. Sans vouloir justifier toutes

les mesures répressives dont ils firent usage dans ces tristes circonstances, nous croyons qu'on ne saurait leur reprocher avec justice les sentiments qu'ils manifestèrent. Car pour les gouvernements aussi bien que pour les individus, il existe un droit suprême de propre conservation, dont le moraliste le plus rigoureux ne saurait préciser les limites sans s'exposer à tomber dans de grossières contradictions, ou à aboutir à des conséquences absurdes, contraires aux plus simples notions du bon sens.

Grâces au ciel, les passions orageuses que la révolution de Juillet avait suscitées, se sont calmées; et leurs traces se sont à peu près effacées. Les choses ayant repris en Italie leur cours naturel, la confiance ébranlée chez les princes nationaux s'est peu à peu rétablie; déjà les peuples ressentent les effets salutaires de cet heureux changement, et tout prouve que nous marchons vers un meilleur avenir.

Cet avenir, que nous appelons de tous nos vœux, c'est la conquête de l'indépendance nationale; bien suprême que l'Italie ne saurait atteindre que par la réunion des efforts de tous ses enfants, bien sans lequel elle ne peut espérer aucune amélioration réelle et durable dans sa condition politique, ni marcher d'un pas assuré dans la carrière du progrès. Ce que nous venons d'avancer en unissant notre faible voix à la voix éloquente de notre ami, M. de Balbo, n'est point un rêve, résultat d'un sentiment irréfléchi ou d'une imagination exaltée; c'est une vérité qui nous paraît susceptible d'une démonstration rigoureuse.

L'histoire de tous les temps prouve qu'aucun peuple ne peut atteindre un haut degré d'intelligence et de moralité sans que le sentiment de sa nationalité ne se soit fortement développé. Ce fait remarquable est une conséquence nécessaire des lois qui régissent la nature humaine. En effet, la vie intellectuelle des masses roule dans un cercle d'idées fort restreint. Parmi celles qu'elles peuvent acquérir, les plus nobles et les plus élevées sont certainement, après les idées religieuses, les idées de patrie et de nationalité. Si maintenant les circonstances politiques du pays empêchent ces idées de se manifester ou leur donnent une direction funeste, les masses

demeureront plongées dans un état d'infériorité déplorable Mais
ce n'est pas tout : chez un peuple qui ne peut être fier de sa nationalité, le sentiment de la dignité personnelle n'existera que par
exception chez quelques individus privilégiés. Les classes nombreuses qui occupent les positions les plus humbles de la sphère
sociale ont besoin de se sentir grandes au point de vue national
pour acquérir la conscience de leur propre dignité. Or, cette conscience, nous n'hésitons pas à le dire, dussions-nous choquer
quelque publiciste trop rigide, constitue pour les peuples aussi
bien que pour les individus un élément essentiel de la moralité.

Ainsi donc, si nous désirons avec tant d'ardeur l'émancipation
de l'Italie, si nous déclarons que devant cette grande question
toutes les questions qui pourraient nous diviser doivent s'effacer
et tous les intérêts particuliers se taire, c'est non-seulement afin
de voir notre patrie glorieuse et puissante, mais surtout pour
qu'elle puisse s'élever dans l'échelle de l'intelligence et du développement moral jusqu'au niveau des nations les plus civilisées.

A moins d'un bouleversement européen dont les conséquences
désastreuses sont de nature à faire reculer les plus hardis, mais
qui, grâce au ciel, devient chaque jour moins probable, il nous
paraît évident que la précieuse conquête de notre nationalité ne
peut être opérée que moyennant l'action combinée de toutes les
forces vives du pays, c'est-à-dire par les princes nationaux fran-
chement appuyés par tous les partis. L'histoire des trente der-
nières années, aussi bien que l'analyse des éléments dont se compose la société italienne, démontrent à l'évidence combien peu de
portée les révolutions militaires ou démocratiques peuvent avoir
chez nous. Laissant donc de côté ces moyens impuissants et usés,
les amis sincères du pays doivent reconnaître qu'ils ne peuvent
coopérer au bien véritable de leur patrie qu'en se groupant autour
des trônes qui ont des racines profondes dans le sol national, et
en secondant sans impatience les dispositions progressives que
manifestent les gouvernements italiens. Cette conduite, conforme
aux sages conseils que leur adresse un homme dont le patriotisme

et les lumières ne sauraient être révoqués en doute, M. de Balbo, dans son livre si remarquable *Des espérances de l'Italie*, ramènera l'union qu'il est si nécessaire de voir établie entre les différents membres de la famille italienne, afin de mettre le pays à même de profiter, pour s'affranchir de toute domination étrangère, des circonstances politiques favorables que l'avenir doit amener.

Cette union que nous prêchons avec tant d'ardeur n'est pas si difficile à obtenir qu'on pourrait le supposer, en jugeant la société d'après les apparences extérieures, ou en se laissant préoccuper par le souvenir de nos tristes divisions. Le sentiment de la nationalité est devenu général, chaque jour il augmente, et déjà il est assez fort pour maintenir réunis, malgré les différences qui les distinguent, tous les partis en Italie. Il n'est plus le partage exclusif ni d'une secte, ni des hommes professant des doctrines exaltées. Aussi sommes-nous persuadé que l'appel éloquent que M. de Balbo a adressé naguère à tous les Italiens aura fait vibrer plus d'une poitrine recouverte des insignes des premières dignités de l'État, et qu'il aura éveillé plus d'un écho parmi ceux qui, fidèles aux traditions de leurs ancêtres, font du principe de la légitimité la base de leurs croyances politiques.

Toutes les classes de la société peuvent, dans une certaine mesure, coopérer à cette œuvre importante. Tout ce qui a quelque instruction et quelque influence en Italie a, dans ce but, une mission partielle à remplir, depuis les écrivains distingués qui, ainsi que M. de Balbo et le comte Petitti, consacrent leurs efforts à instruire et à éclairer leurs concitoyens, jusqu'aux humbles individus qui, dans le cercle étroit où ils se meuvent, peuvent élever l'intelligence et le caractère moral de ceux qui les entourent.

Tous ces efforts individuels, il est vrai, resteraient stériles sans le concours des gouvernements nationaux. Mais ce concours ne nous fera pas défaut. Les méfiances que 1830 avait suscitées, longtemps entretenues par un parti faible de nombre, mais puissant par l'intrigue, sont presque entièrement dissipées. Nos souverains, rassurés, suivent leurs tendances naturelles, et chaque jour nous les voyons donner de nouvelles preuves de leurs dispositions paternelles et progressives.

Il nous suffira de citer à cet égard ce qui se passe en Piémont. Le développement donné à l'instruction primaire, l'établissement de plusieurs chaires consacrées à l'enseignement des sciences morales et politiques, les encouragements accordés à l'esprit d'association appliqué aux arts aussi bien qu'à l'industrie, et plusieurs autres mesures, sans parler des chemins de fer, attestent suffisamment que l'illustre monarque qui règne avec tant d'éclat sur ce royaume est décidé à maintenir cette politique glorieuse qui, dans le passé, a fait de sa famille la première dynastie italienne, et qui doit dans l'avenir l'élever encore à de plus hautes destinées.

Mais plus que toute autre réforme administrative, autant peut-être que de larges concessions politiques, l'exécution des chemins de fer contribuera à consolider cet état de confiance mutuelle entre les gouvernements et les peuples, base de nos espérances à venir. Les gouvernements, en dotant les nations dont les destinées leur sont confiées de ces puissants instruments de progrès, témoignent hautement des dispositions bienveillantes qui les animent et de la sécurité qu'ils ressentent. De leur côté les peuples, reconnaissants pour un si grand bienfait, seront portés à concevoir, à l'égard de leurs souverains, une foi entière, et, dociles, mais pleins d'ardeur, ils se laisseront guider par eux à la conquête de l'indépendance nationale.

Si les raisonnements qui précèdent ont quelque fondement, on ne saurait nous contester que nous avions raison de placer l'action morale des chemins de fer en Italie au-dessus de leur action matérielle, et de célébrer leur introduction parmi nous comme le présage d'un meilleur avenir. C'est pourquoi, empruntant le langage énergique de M. de Balbo, nous aimons à les signaler comme une des principales *espérances* de notre patrie.